A Monsieur Léopold Delisle,
membre de l'Institut
Souvenir de reconnaissance
Ch. de Beaurepaire

ACADÉMIE DES SCIENCES, BELLES-LETTRES ET ARTS DE ROUEN

DE LA

RÉCENTE ADMIRATION DES FRANÇAIS

POUR DANTE

Réponse au Discours de Réception de M. l'Abbé VACANDARD

PAR

M. CH. DE BEAUREPAIRE

PRÉSIDENT

ROUEN

IMPRIMERIE DE ESPÉRANCE CAGNIARD

rues Jeanne-Darc, 88, et des Basnage, 5

1883

ACADÉMIE DES SCIENCES, BELLES-LETTRES ET ARTS DE ROUEN

DE LA

RÉCENTE ADMIRATION DES FRANÇAIS

POUR DANTE

Réponse au Discours de Réception de M. l'Abbé VACANDARD

PAR

M. CH. DE BEAUREPAIRE

PRÉSIDENT

ROUEN

IMPRIMERIE DE ESPÉRANCE CAGNIARD

rues Jeanne-Darc, 68, et des Basnage, 5

—

1883

DE

LA RÉCENTE ADMIRATION DES FRANÇAIS

POUR DANTE

RÉPONSE AU DISCOURS DE RÉCEPTION DE M. L'ABBÉ VACANDARD

Par M. Ch. de BEAUREPAIRE

Président

BIBLIOTHÈQUE NATIONALE — DON OCTAVE BURROCHE — N° — IMPRIMÉS

MONSIEUR,

En s'empressant, comme elle l'a fait, de vous accueillir dans ses rangs, notre Compagnie, sans doute, a été heureuse de vous donner un témoignage tout particulier de son estime. Mais en cela aussi, permettez-moi de le dire, elle a consulté son intérêt. Tant de pertes cruelles, qu'elle a récemment éprouvées, lui faisaient un devoir de songer à remplacer, de la manière la plus avantageuse pour elle, ceux qu'elle a perdus. Elle s'est flattée, à bon droit, de se ménager un concours des plus précieux, en s'adjoignant, par le lien de la confraternité, un homme livré aux études les plus recommandables et déjà fort honorablement connu par deux savants ouvrages : *S. Bernard, orateur; — Abélard..., sa doctrine, sa méthode.*

C'est un point important, lorsqu'il s'agit d'appliquer son esprit, pendant de longues années, à de pénibles recherches, de faire choix d'un sujet qui vaille le rude labeur que doit s'imposer tout écrivain consciencieux. *Dis-moi qui tu hantes, je dirai qui tu es.* Ce proverbe, plein de sagesse, ne regarde pas seulement nos rapports ordinaires et de société ; il regarde aussi, et non moins justement, les rapports que nous entretenons avec nos auteurs familiers, avec ceux que nous lisons le plus assidûment, et qui font l'objet habituel de nos études. A ce point de vue, il n'est point indifférent, non plus, de bien choisir notre compagnie, et de placer nos affections en bon lieu. Votre auteur de prédilection, Monsieur, est saint Bernard. C'est lui qui a fait l'objet unique de votre premier ouvrage. C'est lui qui reparaît dans celui qui porte le titre d'*Abélard,* puisque l'exposé que vous y faites de la vie et des systèmes de ce dialecticien subtil aboutit à la justification du théologien orthodoxe. C'est encore ce dernier que nous retrouvons dans le beau discours que nous venons d'entendre, où vous nous le montrez interprété par le plus grand poète du moyen âge.

Les suffrages du public, le grade de docteur que vous avez brillamment conquis, et, en ce moment même, les applaudissements de cette assemblée, tout vous prouve, Monsieur, que vous avez été bien inspiré dans votre choix, et que le patronage que vous avez réclamé vous a porté bonheur.

Peu d'hommes, en effet, méritent mieux que saint Bernard de fixer l'attention d'un érudit soucieux des véritables gloires de la patrie.

Il domine son époque, il en est peut-être la personnalité la plus haute. Fondateur d'un ordre célèbre, promoteur de la seconde croisade, théologien, polémiste infatigable, il a vu ses services proclamés par une autorité qui ne varie pas dans ses affections, et qui lui a assuré, au sein d'une société nombreuse, des hommages indépendants des caprices de l'opinion. Envisagé comme orateur, il n'a guère perdu de la grandeur que ses contemporains lui ont connue. Par une remarquable exception, il a trouvé grâce aux yeux des personnes les moins prévenues en faveur du mérite littéraire du moyen âge. Dans le siècle le plus exclusif en matière de goût, Bossuet et Bourdaloue l'ont cité à l'envi ; Fénelon, dans sa *Lettre sur les occupations de l'Académie française,* où il juge avec une sévérité outrée tout ce qui n'est pas marqué au coin de l'antiquité, Fénelon change de ton quand il vient à parler de saint Bernard. Pour lui l'abbé de Clairvaux est un prodige dans un siècle barbare. « On trouve en lui, dit-il, de la délicatesse, de l'élévation, du tour, de la tendresse et de la véhémence. »

Si, de tout temps, le mérite de saint Bernard a été reconnu ; si, par rapport à lui, nous n'avons pu qu'imiter ceux qui nous ont précédés, il y a, au contraire, quelque chose de nouveau dans l'attention que nous prêtons aux écrits d'Abélard; dans les sentiments que nous inspirent, présentement à nous, Français, les chants de la *Divine Comédie.*

En ce qui concerne Abélard, c'était assez, pour les hommes du xviiie siècle, du récit de ses aventures amoureuses. Les artistes, les poètes, et parmi ces derniers, Pope et Colardeau, en avaient répandu la renommée; le roman tenait lieu de l'histoire et valait peut-être mieux. Je doute qu'il se fût trouvé un Rémusat pour consacrer tant de veilles à l'étude de doctrines oubliées, à la recherche de leurs rapports avec celles qui les avaient précédées et avec celles qui les suivirent. Je doute que l'on eût considéré comme un événement fort important la découverte qui fut faite, vers 1835, du *Sic et non* parmi les manuscrits de l'abbaye du Mont-Saint-Michel, déposés aujourd'hui à la bibliothèque d'Avranches. Cependant, il n'a pas été au pouvoir de M. de Rémusat ni de M. Cousin lui-même, malgré sa haute position, malgré l'autorité de son talent, d'augmenter dans de grandes proportions la célébrité du dialecticien du xiie siècle. Ils ont accusé plus nettement les traits de sa physionomie : ils ne l'ont pas rendue beaucoup plus attachante. Votre étude, Monsieur, a même eu pour résultat de lui faire perdre quelque peu de son originalité.

Il en a été tout autrement de Dante. A peine sort-il des ombres qui le dérobaient à nos regards qu'il devient pour nous un sujet d'étonnement et d'admiration. Il serait difficile de rapporter tous les témoignages rendus en l'honneur de son génie. Il suffit, pour juger de sa vogue, de compter les traductions qui ont paru dans ces derniers temps, et qui portent des noms connus, noms de poètes, de philosophes, d'érudits et de critiques : Antony Deschamps, Brizeux, Ratisbonne, Lamennais, Littré, Artaud de Montor, Fiorentino, Mesnard, Delécluse, Ozaham, enfin, qui, à l'imitation des commentateurs italiens, fit de la *Divine Comédie* l'occupation d'une grande partie de sa vie. En mettant au service de Dante des facultés de premier ordre, qui leur avaient fait produire, pour leur compte, des œuvres originales et justement estimées, ces écrivains, de caractères très divers, conviennent qu'ils n'ont pu réussir à faire passer dans leur langue les beautés singulières du vieux texte italien. Delacroix seul, employant le pinceau au lieu de la plume, n'a pas été vaincu dans sa lutte avec son modèle. Le passage du sombre fleuve des enfers, dont l'horreur est heureusement tempérée par les figures calmes et pures de Dante et de son guide, de même que la *Justice de Trajan*, ce spendide joyau de notre musée, sont des traductions sublimes qu'il ne saurait être question de refaire.

Et maintenant reportons-nous dans le passé. Cherchons parmi nos anciens peintres un interprète des conceptions de Dante : nous n'en trouvons aucun. Cherchons parmi nos anciens poètes quelque trace de son esprit : nous n'en apercevons pas la plus légère. Antérieurement à notre époque, on ne rencontre aucune œuvre française qui se soit inspirée de la *Divine Comédie*.

Le XVIIe siècle ne paraît même pas la connaître. Le législateur de notre Parnasse avait peu d'estime pour le Tasse, dont il oppose le *clinquant* à *l'or pur de Virgile*, mais du moins il l'a cité. Quant à Dante, il n'a point jugé à propos d'en dire un seul mot.

Le XVIIIe siècle, hostile, en général, aux idées religieuses de Dante, ne se montre pas cependant aussi in-

différent à son égard ; mais les éloges qu'on peut recueil-
lir çà et là sont très rares ; ils sont d'ailleurs affaiblis
par des restrictions et par des critiques. On citera quelques mots de Voltaire dans son *Essai sur les mœurs*
qui sont en faveur de la *Divine Comédie*, « poème bizarre, mais brillant de beautés naturelles, ouvrage dans
lequel l'auteur s'éleva, dans les détails, au-dessus du
mauvais goût de son siècle et de son sujet. » Mais, dans
son *Essai sur la poésie épique*, Voltaire, qui déjà
avait composé la Henriade, passe en revue ses prédé-
cesseurs et ses modèles : Homère, Virgile, Lucain, Le
Trissin, Camouëns, Tasso, Alonzo d'Ercilla, Milton :
le poète florentin est oublié.

Chateaubriand lui-même, qui, au début de notre
siècle, exposa si éloquemment, dans son *Génie du
Christianisme*, l'influence considérable, quoique par-
fois secrète, de la religion chrétienne sur les arts, sur la
littérature, sur la poésie des modernes ; Chateaubriand
qui, le premier, rompant ouvertement avec les tradi-
tions du paganisme littéraire, se fit le défenseur des
types poétiques dûs à notre religion nationale, Chateaubriand pourtant, en traitant un si noble et si vaste sujet,
n'a pas cru pouvoir tirer parti de la *Divine Comédie*. Il
se contente de dire, à propos de ce poème : « Les beautés
de cette production bizarre découlent presque entière-
ment du christianisme ; ses défauts tiennent au siècle et
au mauvais goût de l'auteur. Dans le pathétique et le
terrible, le Dante a peut-être égalé les plus grands
poètes. Son ouvrage, étant de nature épisodique, sou-
tiendrait mal une analyse régulière ». C'est, on le voit,

le jugement de Voltaire, quelque peu développé et modifié pour les besoins de la thèse.

Qu'il y a loin de là aux appréciations des meilleurs juges de notre temps ! Quel contraste aussi entre ces traductions qui se succèdent, depuis quelques années, sans lasser la curiosité du public, et celles qui suffirent autrefois à un petit nombre d'érudits !

La première traduction française de la *Divine Comédie* fut donnée en 1597 par Balthazar Grangier, aumônier du roi Henri IV, abbé de Saint-Barthélemy de Noyon. Si l'ouvrage eût paru un an plus tôt, Grangier, soit dit en passant, eût certainement ajouté à ces titres celui d'archidiacre du Vexin français en l'église de Rouen, qu'il porta de 1584 à 1596, époque où il résigna son archidiaconé en faveur d'un poète, son ami, Claude de Morennes, qui devint évêque de Séez. Pour trouver une autre traduction française, il faut descendre jusqu'en 1776, année où parut celle de *l'Enfer*, par Moutonnet de Clairfons, imprimée, non pas en France, mais à Florence (1).

A première vue, ne semble-t-il pas étrange qu'en France, pour les temps antérieurs à la Révolution, on n'ait à citer que deux traductions de la *Divine Comédie*, l'une mise en rimes françaises, que bientôt ne purent goûter, ni même comprendre, des oreilles habituées à la versification de Malherbe, l'autre, qui ne parut qu'au déclin du dernier siècle, à l'étranger, et qui ne contient

(1) Moutonnet de Clairfons fut nommé associé de l'Académie de Rouen le 17 novembre 1779.

que la première partie du poème, *l'Enfer*, où se trouvent certains épisodes plus connus, tels que ceux de Françoise de Rimini et du comte Ugolin ?

Et pourtant, remarquons-le, la littérature italienne est, de toutes les littératures étrangères, la première que les Français aient connue et aimée. Dès le xvi⁰ siècle, ils connaissaient les auteurs italiens aussi bien que les arts et les monuments de l'Italie. C'est en Italie qu'il était de mode, alors, d'aller compléter ses études. C'est en Italie que nous aimions à chercher des modèles en tout genre, et nous étions même portés à attribuer à nos voisins, sur le perfectionnement de notre goût et sur la formation de notre langue, une influence à laquelle ils ne peuvent légitimement prétendre. Il y a donc nécessité de le reconnaître : quelque chose de particulier éloignait autrefois les Français de l'œuvre de Dante, constamment admirée en Italie depuis des siècles ; quelque chose de particulier nous attire vers elle aujourd'hui. « Dante, a dit Lamartine, semble le poète de notre époque, car chaque époque adopte et rajeunit tour à tour quelqu'un de ces génies immortels qui sont toujours aussi des hommes de circonstance ; elle s'y réfléchit elle-même, elle y retrouve sa propre image et trahit ainsi sa nature par des prédilections ».

Faudrait-il chercher l'explication d'un revirement si complet dans ces vers de Barbier :

« Dante vit comme nous les factions humaines
« Rouler autour de lui leurs fortunes soudaines ;
« Il vit les citoyens s'égorger en plein jour,
« Les partis écrasés renaître tour à tour ;

« Il vit sur les bûchers s'allumer les victimes :
« Il vit pendant trente ans passer des flots de crimes,
« Et le mot de patrie à tous les vents jeté,
« Sans profit pour le peuple et pour la liberté ! »

Mais les Français avaient connu toute l'horreur des dissensions civiles sous trois règnes, et les factions, et les massacres, et les guerres sans fin et sans merci, et les invasions des étrangers ; ils avaient vu tout cela et n'avaient point pris goût à la *Divine Comédie*.

L'hostilité très marquée du poète florentin envers la race des Capétiens, dans un temps où la cause de la royauté se confondait avec celle de la nation, expliquerait-elle mieux le peu de succès du poème en France pendant plusieurs siècles ?

On sait que c'est dans le xx° chant du Purgatoire que cette hostilité se manifeste de la manière la plus violente. Dante rencontre Hugues Capet qui expie depuis quatre cents ans, quel crime ? celui, sans doute, d'avoir été la tige d'une race fatale à l'Italie. Le prince lui fait en ces termes l'histoire de sa famille :

« Je fus la racine de la mauvaise plante qui jette une ombre nuisible sur toute la terre chrétienne, tellement qu'elle donne rarement de bons fruits.

« Mais si Douai, Gand, Lille et Bruges en avaient la force, on en aurait bientôt vengeance, et je la demande à celui qui juge toute chose.

« Je fus nommé là-bas Hugues Capet. De moi sont nés les Philippe et les Louis, par qui depuis peu la France est gouvernée.

« Je fus fils d'un boucher de Paris. Quand les anciens

rois manquèrent, excepté un qui était revêtu de la robe grise,

« Dans mes mains se trouva placée la bride du gouvernement, et j'avais tant de pouvoir dans cette nouvelle position, et j'étais entouré de tant d'amis,

« Que la tête de mon fils fut promue à la couronne vacante ; et de lui sont sortis les os sacrés des nouveaux rois.

« Tant que cette grande dot de la Provence n'a ôté sa honte à mon sang, il valait peu, mais il ne faisait pas de mal.

« Là, par la violence et le mensonge, il commença ses rapines ; ensuite, pour s'amender, il prit le Ponthieu et la Normandie ; il prit encore la Gascogne.

« Charles d'Anjou (frère de Saint Louis) vint en Italie et, pour s'amender, il fit une victime de Conradin, et puis il rejeta Thomas dans le Ciel, toujours pour s'amender.

« Je vois un temps, et qui n'est pas trop loin, lequel poussera hors de France un autre Charles pour mieux faire connaître lui et les siens.

« Il en sort sans armes, et seulement avec la lance avec laquelle combattit Judas, et il la pointe si bien qu'elle perce le ventre de Florence.

« Et là il ne gagnera point de terre, mais un péché et de la honte, d'autant plus lourds qu'un tel méfait lui semblera plus léger.

« L'autre, qui est déjà sorti prisonnier de son vaisseau, je le vois vendre sa fille et la marchander comme font les corsaires pour les autres esclaves.

« O avarice, que peux-tu faire de plus, puisque tu as tellement gagné à toi mon sang qu'il n'a point souci de sa propre chair?

« Mais, pour que le mal futur et le mal passé semblent moindres, je vois les fleurs de lis entrer dans Anagni, et dans la personne de son vicaire, le Christ prisonnier.

« Je le vois une autre fois livré à la dérision ; je vois renouveler le vinaigre et le fiel ; entre deux larrons vivants je le vois mourir.

« Je vois un nouveau Pilate, si cruel, que ceci ne le rassasie pas, et, sans décret de ceux qui ont le pouvoir, il porte dans le temple ses désirs cupides.

« O mon Seigneur ! quand serai-je assez heureux pour voir la vengeance qui, cachée dans tes secrets, te rend douce ta colère (1) » !

Certainement la passion du Gibelin éclate dans ces stances sans le moindre ménagement, et même sans le moindre sentiment de justice.

On s'explique les derniers traits du tableau par le sentiment religieux qui animait l'auteur, par l'émotion qui gagna toute l'Europe au moment de l'attentat d'Anagni.

Si fausse qu'elle soit, on doit encore lui pardonner son opinion sur l'origine plébéienne de la troisième race de nos rois. On ne connaissait pas, en ce temps-là, les Chroniques de Richer, qui ont jeté un jour inattendu sur cette question historique. Si Dante passe sous silence

(1) Traduction de Brizeux.

Robert-le-Fort, que l'annaliste de Metz compare à Judas Machabée, et proclame comme lui le sauveur du peuple, il est juste pourtant de reconnaître qu'en qualifiant de boucher le père de Hugues Capet, le poète ne faisait que répéter ce qu'on avait dit en France, ce qu'il avait vraisemblablement entendu dire à Paris, ce qu'on lit dans une vieille chanson de geste française et dans l'historien Villani, ce que Villon ne craignait pas d'écrire encore sous Louis XI, dans un temps où c'était une opinion, officielle et généralement admise, que les Capétiens descendaient de Charlemagne.

Ce que l'on s'explique moins, c'est la sévérité avec laquelle il juge les accroissements progressifs de ce royaume de France, réduit à si peu sous les derniers carlovingiens, et que les descendants de Hugues Capet reconstituèrent pièce à pièce, avec des soins dignes d'une éternelle reconnaissance. Ce qu'on ne s'explique pas du tout, sinon par l'aveuglement de la haine, c'est cet appel à la vengeance divine formé contre ses descendants par le chef de cette race ; c'est le silence gardé par Dante sur tant de services rendus à la chrétienté, imprudemment, on peut l'admettre, mais certainement sans vue d'avarice, ni de conquête. La gloire de saint Louis rayonne sur tout le xiiie siècle : elle est pour le poète comme non avenue. Celui que l'église vient de mettre sur les autels, celui dont Voltaire a dit « qu'il n'était pas donné à l'homme de porter plus loin la vertu (1) », on le confond, avec une indifférence affectée, avec « ces

____

(1) Essai sur les mœurs, t. 2, p. 154.

Louis par qui la France est gouvernée. » Florence,
pourtant, tirait vanité de ce qu'un de ses citoyens,
Pazzi, avait arboré le premier l'étendard chrétien sur
les murs de Jérusalem reconquise. Nous comprenons ce
sentiment d'amour-propre national. Mais, pour un
Pazzi que Florence honorait, la France en fournissait
mille, et il serait impossible de mettre cet exploit d'un
gentilhomme florentin en balance avec la valeur de cette
foule de Français qui périrent dans les croisades ; avec
la captivité de saint Louis en Egypte ; avec sa mort au
camp de Tunis. Joinville, dans son langage naïf, nous
en a conté l'histoire, et son récit, si simple qu'il soit,
vaut autant, pour le moyen-âge, que la *Divine Comédie*.

Le patriotisme, dira-t-on, explique cette colère.
J'avoue que la manière dont les Italiens le concevaient
à l'époque de Dante me touche assez peu, parce que ce
patriotisme fut constamment dirigé contre nous, et qu'il
eut pour but et pour résultat, non point l'indépendance
de telle ou telle ville, de tel ou tel état de l'Italie, mais
la substitution aux Français d'étrangers qui peut-être
ne leur étaient préférés que parce qu'on leur supposait
moins de puissance. Aux *Vêpres siciliennes*, 20,000
Français, de tout âge et de toute condition, sont traîtreu-
sement égorgés ; mais l'Aragon prend la place que nous
abandonnons, et c'est, en vérité, pousser trop loin l'ab-
négation que d'applaudir, comme nous l'avons fait, sur
des scènes françaises, à un aussi horrible massacre. La
moindre bataille, même perdue, est préférable, pour la
gloire d'un peuple, à un pareil exploit, où l'on ne voit
couler d'autre sang que celui des vaincus. A Florence,

deux factions se partagent le pouvoir et l'autorité ; toujours en lutte l'une contre l'autre, elles implorent, l'une et l'autre, le secours de l'étranger. Dante est exilé par la faction que soutient la France, et il ne craint pas d'appeler sur sa patrie les armes de l'Allemagne. Pourquoi prendrions-nous parti pour lui ? Quelle raison aurions-nous de supposer que la monarchie européenne, rêvée par lui, ne pût convenir qu'à l'empereur et non au roi de France, et que Charles de Valois valût moins que Henri de Luxembourg ? Cette maison d'Anjou, contre laquelle il s'emporte avec tant d'acharnement, n'en reste pas moins une des plus glorieuses de l'histoire ; en faveur de Charles de Valois, devant des Rouennais, j'appellerai en témoignage cette superbe église de Saint-Ouen, commencée, ne l'oublions pas, grâce à sa générosité et à son patronage.

Cependant, si choquante qu'ait été l'aversion de Dante pour la France, ce serait se tromper que d'y chercher la raison de son peu de vogue parmi nous dans les siècles passés. De tout temps nous nous sommes montrés fort tolérants envers ceux qui critiquaient le plus âprement nos mœurs, nos institutions et notre politique. D'ailleurs cette répugnance que nous avons pour l'ancien régime n'est pas chose nouvelle. Les hommes du xviie siècle ont jugé les âges qui les ont précédés, plus sévèrement que nous ne jugeons le xviiie siècle. C'était, pour eux aussi, une sorte *d'ancien régime* dont ils condamnaient, sans la moindre hésitation, la barbarie. Et pourquoi, après tout, se seraient-ils montrés plus soucieux de la dignité du roi que Henri IV lui-même, qui acceptait la dédicace de la traduction de l'abbé Grangier. En comparant sa maison à toutes celles d'Italie et d'Europe, on comprend aisément qu'il devait lui en coûter assez peu pour se ranger au sentiment du traducteur, pour prendre plaisir, avec lui, aux fictions de la Divine Comédie, « comme à des choses inventées par un poète auquel il est permis de tout dire, et dont les licences ne sont préjudiciables aux faits que les histoires nous montrent, » et même pour lui pardonner « les injures et colères que, comme partial, il débondoit en la consolation de ses misères (1) ».

Ce qui est vrai, c'est que ces attaques passèrent inaperçues et qu'elles furent accueillies en France avec autant d'indifférence que le poème tout entier.

Si nous ne nous trompons, on trouvera les causes de l'indifférence des Français pour Dante dans les jugements mêmes où les critiques de notre temps ont exprimé leur admiration.

« C'est, dit M. Littré, un poème sombre, difficile, hérissé d'allusions aux choses et aux hommes de son temps, tout enchevêtré de théologie ».

Il est sombre, et on n'aimait que ce qui était lumineux, ce qui ne présentait rien de heurté, ce sur quoi l'œil pouvait s'arrêter sans une émotion trop poignante, quelque chose de calme, même dans la peinture des situations les plus tristes ou les plus terribles, par exemple, les *Bergers d'Arcadie*, de Poussin, où la

---

(1) Voir la préface de Grangier. Madame avait accepté la dédicace de la traduction de Moutonnet de Clairfons; pour elle, comme pour Henri IV, la satire de Dante était *telum imbelle sine ictu.*

briéveté de notre vie est exprimée par une simple allu-
sion ; le *Déluge*, du même peintre, animé de quelques
scènes qui touchent le cœur plus qu'elles ne le déchi-
rent ; les charmants paysages des rives de la Loire
plutôt que les tempêtes de la mer ou les montagnes
hautes et arides ; des jardins coupés régulièrement
avec des allées droites à perte de vue, plutôt que ces
parcs dont on ne peut embrasser l'espace d'un coup
d'œil et où l'on évite à dessein la symétrie. Le poème de
Dante est obscur, si obscur qu'il ne peut se passer de
commentaires, et l'on aimait avant tout la clarté, une
clarté qui dispensait l'esprit de tout effort pénible. Il est
hérissé d'allusions aux choses et aux hommes de son
temps, et l'on tenait ce temps pour barbare ; on ne pre-
nait qu'un faible intérêt à ces choses, dont plusieurs
étaient mesquines ou d'une vérité contestable ; à ces
hommes dont la réputation, pour beaucoup, n'avait pas
dépassé les bornes de la ville où ils avaient vécu. On
rêvait une sorte d'idéal humain, propre aux arts et à la
littérature de tous les temps et de tous les pays, de
même que plus tard on rêva un système uniforme de
législation et d'administration. Le poème, enfin, est
enchevêtré de théologie ; et l'on était inflexible sur le
principe de la distinction des genres ; on assignait à
chacun des limites qu'il ne pouvait franchir. Que pou-
vait-on comprendre à cette théologie personnifiée dans
Béatrix par souvenir d'une femme aimée, à cette science
qui se revêtait d'ornements étrangers, et se dispensait
de la rigueur et de la précision des termes ? Quel accueil
pouvait-elle espérer dans un pays où de bonne heure on

avait renoncé aux Mystères et à toutes ces représenta-
tions populaires que l'on avait jugées incompatibles
avec la dignité du culte, où l'on tolérait à peine des can-
tiques en langue vulgaire, tant l'on craignait que l'exac-
titude du sens ne fût compromise par la recherche de
la mesure et de la rime ? Non moins par respect de la
religion que par un sentiment d'admiration pour l'antiquité classique, de part et d'autre, on était tombé d'ac-
cord pour ne concéder à l'imagination des poètes d'autres ornements que ceux que fournissaient les fables
gracieuses de Rome et de la Grèce, purs jeux de l'esprit, que personne ne pouvait être tenté de prendre au
sérieux.

> De la foi d'un chrétien les mystères terribles
> D'ornements égayés ne sont pas susceptibles.

Tel était le sentiment de Boileau, dans son *Art poétique ;* tel était aussi le sentiment à peu près universel
de son siècle.

Ajoutons, avec Voltaire, que la poésie française
s'était accoutumée à une marche uniforme, et que l'esprit géométrique qui s'était emparé des belles lettres,
était devenu un nouveau frein pour la poésie. « Notre
nation, dit-il, regardée comme si légère par des étrangers qui ne jugent de nous que par nos petits maîtres,
est de toutes les nations la plus sage la plume à la main ;
la méthode est la qualité dominante de nos écrivains (1) ».

(1) Essai sur la poésie épique.

.Notre goût n'est plus, il s'en faut, celui des deux siècles qui nous ont précédés. Nous tenons beaucoup moins à la distinction des genres. Nos philosophes sont des littérateurs. Nos artistes visent souvent à la philosophie. Nous faisons en tout une part plus large à l'imagination, sans nous soucier de ce que Malebranche a dit contre elle. Notre sensibilité, un peu blasée, a besoin d'être réveillée par des tableaux d'un effet plus saisissant et plus passionné. Les montagnes avec leurs cimes nues et escarpées, avec leurs glaces et leurs précipices, nous attirent plus encore que ces paysages riants, où tout est arrangé, comme l'eût dit Fénelon, pour le plaisir des yeux.

Une habitude plus générale des longs voyages, un commerce plus suivi avec les artistes et les écrivains de tous les pays, nous ont rendus beaucoup moins exclusifs en matière de goût. Le beau ne nous apparaît plus sous une forme unique, mais sous les formes les plus diversifiées ; et cet esprit d'observation, de curiosité, que nous portons dans l'exploration des contrées étrangères, nous le portons aussi dans l'étude des siècles passés, dont nous nous plaisons à retracer les idées, à reproduire les monuments, grands ou petits.

Cette tendance a eu pour effet de nous faire envisager sous un jour plus favorable des œuvres pour lesquelles les hommes d'autrefois professaient un souverain dédain. Nous n'acceptons plus cette vague qualification de *barbarie*, prodiguée à des temps qui ont vu la formation des nationalités modernes, où se sont élaborées ces langues analytiques claires, précises, à la portée de tous, enrichies de tant de chefs-d'œuvre ; où se sont élevées ces cathédrales qui, aujourd'hui encore, malgré tant de progrès accomplis, entre tant de monuments de tout âge et de tout style, forment le plus noble ornement de nos cités, que le peuple a toujours défendues de son admiration et de ses préférences, et que maintenant les artistes et les savants admirent comme le peuple.

C'est par ces monuments, ainsi que c'était naturel, qu'a commencé, au début de ce siècle, la réforme de notre goût, malheureusement après de longues erreurs qui ont causé des pertes irréparables. Cette réforme, nous l'avons poursuivie, et nous la poursuivons présentement, avec ardeur, par l'étude approfondie des littérateurs et des idiomes antérieurs au xviie siècle. Sans méconnaître ce que ce siècle a eu de beau et de grand, nous avons trouvé des règles là où l'on ne voyait que le caprice ; un mode de formation logique là où l'on ne voyait que le chaos ; des charmes inconnus et des beautés particulières là où l'on n'imaginait que les essais grossiers d'un peuple enfant qui ne sait point encore parler.

C'est ainsi que Commynes, Froissart, Joinville, Villehardouin, les romans du moyen-âge, la Chanson de Roland, ont pris rang dans notre littérature, en même temps que nous révisions les éditions de nos auteurs du xvie et du xviie siècle. Ce mouvement a eu et devait avoir pour résultat de nous faire prendre un goût singulier à la lecture de Dante, dont le poème entier, comme le dit un de ses traducteurs, « offre sous ses nombreux aspects le tableau complet d'une époque, des doctrines reçues, de la science vraie ou erronée, du mouvement de l'esprit, des passions, des mœurs, de la vie enfin dans tous les ordres, et qui, à juste titre, a été appelé un poème encyclopédique » (1). Il nous intéresse tous tant que nous sommes, archéologues et curieux ; et qui ne l'est, en ce temps-ci ? par tout ce qu'il nous apprend du moyen-âge, par sa langue qui offre des analogies frappantes avec les anciens idiomes de notre pays, par ses sentiments, par ses idées qui ne lui étaient pas particulières, mais qui étaient celles des cinq grandes nationalités occidentales entre lesquelles la France occupait, sans contredit, le premier rang, par sa chevalerie, par ses écoles, par ses œuvres littéraires. *La Henriade*, bien que composée avec art et écrite dans un style pur, ne nous intéresse plus que médiocrement, parce qu'elle ne nous dit rien que nous ne sachions déjà sur les événements de la Ligue et sur les causes qui amenèrent le triomphe de Henri IV. C'est, à le bien prendre, un essai poétique sans valeur historique. L'Enéide, au contraire, est plus admirée que jamais : elle a gagné à être considérée comme une œuvre nationale et religieuse, destinée dans la pensée de son auteur et d'Auguste, qui l'inspira, à la glorification de la patrie romaine et à la restauration de la religion romaine. Dans son ensemble, la *Divine Comédie* ne se proposait pas un but moins sérieux, et c'est par là qu'elle mérite de nous attacher. On l'estimerait encore comme un document d'un prix

(1) Traduction de Lamennais.

infini, quand on cesserait de l'apprécier comme une
œuvre poétique de premier ordre.

Vous avez pris plaisir, Monsieur, à nous faire envisager dans ce poème, et à une place d'honneur, votre auteur favori, un Français, bien propre celui-là à récon-
cilier Dante avec la France. Assurément, la gloire de
saint Bernard ne peut que gagner aux hommages de la
poésie. Mais sa renommée est établie sur d'assez bons
titres pour n'avoir rien à redouter des lumières plus
sûres de l'histoire. Permettez-nous donc d'espérer que
vous achèverez des études si bien commencées, et qu'a-
près nous avoir montré saint Bernard dans la chaire
chrétienne, dans sa lutte contre Abélard, vous nous le
montrerez dans les conseils de l'Etat, et au milieu des
foules populaires, provoquant de nouveaux efforts, de
nouveaux sacrifices en faveur des chrétiens d'Orient, et
enfin dans sa cellule de religieux, et comme fondateur
d'un ordre monastique qui a subsisté avec éclat pendant
plusieurs siècles. Vous avez compris, Monsieur, et nous
comprenons, comme vous, que l'étude des grands talents
et des grands caractères tourne à l'honneur du pays
qui les a produits, et que c'est, en quelque sorte, enri-
chir sa patrie et en reculer les limites que d'éclairer, par
de patientes recherches, ces temps du moyen-âge, qui
ne nous paraissent obscurs, confus, sans mouvement et
sans vie, que parce que l'éloignement les met hors de
la portée de notre vue.

Rouen. -- Imprimerie de l'Espérance Cagniard.

www.ingramcontent.com/pod-product-compliance
Ingram Content Group UK Ltd.
Pitfield, Milton Keynes, MK11 3LW, UK
UKHW020111100726
13658UKWH00005B/2100